I0684036

O D E

SUR LE PRIX

DE L'ACADÉMIE

DE MARSEILLE,

EN 1774.

Par M. FRANÇOIS DE NEUFCHATEAU,
Associé de cette Académie.

A PARIS,

Chez VALADE, Libraire, rue Saint-Jacques,
vis-à-vis les Mathurins.

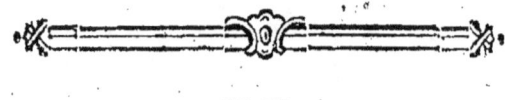

1774.

O D E

SUR LE PRIX

DE L'ACADÉMIE

DE MARSEILLE,

EN 1774. (*).

ON a vanté ces Jeux, ces Combats, où la Grèce
Payait à la valeur, à la force, à l'adresse,
De l'admiration le fidèle tribut ;
Où les Chars, au travers d'une noble poussière,
     Franchissant la barrière,
Plus vite que les vents semblaient voler au but.

(*) L'Académie de Marseille a proposé pour Prix d'Eloquence, en
1774, l'éloge de LA FONTAINE. Un Etranger qui ne s'est pas fait
connaître, a ajouté la somme de 2000 francs à celle du Prix.

De plus nobles Tournois & des Luttes plus belles
Font germer, parmi nous, des palmes immortelles :
La France ouvre aux Savans des Cirques glorieux ;
Et l'on voit, dans son sein, d'ingénieux Athlètes,
   Orateurs & Poëtes,
Des Joûtes de l'esprit sortir victorieux.

Accourez, fiers Rivaux ; la lice est préparée.
Si, dans un noble essor, sagement égarée,
De ces doctes Combats votre Muse a le prix ;
Des Vainqueurs autrefois célébrés dans l'Elide,
   La gloire moins solide
Cède au Triomphe heureux qu'obtiennent vos Ecrits.

Ce Triomphe est à vous ; nul secours, nul partage
D'un succès si flatteur n'altère l'avantage :
Vos seules armes sont vos Talens séducteurs.
Tandis que des Coursiers l'impatiente ivresse,
   Dans les Jeux de la Grèce,
Méritait la Couronne à leurs fiers Conducteurs.

Qui pourra vous chanter ? Quel Poëte superbe,
Emule audacieux de Rousseau, de Malherbe,
De l'Ode, éveillera le génie expirant,
Et vous consacrera, dans sa fougue lyrique,
   Ce Tribut pindarique,
D'un immortel honneur infaillible garant ?

Mais soudain quel spectacle à mes yeux se révèle ?
Aux murs des Phocéens, quelle pompe nouvelle,
Du Parnasse attentif appelle les regards !
Pour qui sont ces lauriers, ces palmes qu'on apprête ?
   Et quelle est cette Fête
Que célèbre Marseille en l'honneur des Beaux-Arts ?

AH ! je vous reconnais, Favoris d'Uranie ;
Ce jour qui vous raſſemble eſt celui du génie ;
De cent nobles Rivaux, ce jour flatte le cœur.
Parlez, dictez l'Arrêt des Filles de Mémoire,
     Arbitres de la gloire,
Décernez la Couronne & nommez le Vainqueur.

NOMMEZ cet Ecrivain, ami de la Nature,
Qui du bon LA FONTAINE a tracé la peinture
Avec tant d'éloquence & tant de vérité,
Et dans tous les détails de ce portrait fidèle,
     Digne de ſon modèle,
L'a fait revivre aux yeux de la Poſtérité.

O vous, ſuperbe Rome, ingénieuſe Athène,
A la France charmée enviez LA FONTAINE :
Son Art, ſon Art divin fut de n'en point avoir.
Laiſſant couler des Vers que l'inſtinct du génie
     Rempliſſait d'harmonie,
Il devint immortel ſans s'en appercevoir.

PLUS enjoué que Phèdre, & plus vrai que Bocace,
Elégant ſans apprêt, incorrect avec grace,
Ses Ecrits, de ſon ame, ont toute la douceur ;
En n'imitant perſonne, Auteur inimitable,
     C'eſt par lui que la Fable
Fut de la Vérité la rivale & la Sœur.

O ! qui peut exprimer ſa douce négligence,
Et de tous ſes tableaux l'heureuſe intelligence,
Et de ſon coloris la naïve fraîcheur !
Telle brille, en nos champs, une jeune Bergère ;
     Nulle fraude étrangère
N'altère de ſon teint l'innocente blancheur.

O divin LA FONTAINE, ô Poëte, ô grand Homme,
Ton éloge eſt facile ; il ſuffit qu'on te nomme :
Peut-on parler de toi, ſans nous intéreſſer ?
Eh ! qui de nous liroit tes vers ſi pleins de charmes,
    Sans te rendre les larmes
Qu'à ta jeune ſaiſon Malherbe fit verſer ?

    PLUS je les ai relus, plus j'ai voulu les lire.
Quelquefois tourmenté d'un ſtérile délire,
D'une profane main, j'ai ſaiſi tes crayons ;
Crédule, où m'emportait une aveugle manie ?
    De l'Aſtre du génie
Mes faibles yeux n'ont pu ſoutenir les rayons.

    PLUS d'une Muſe ainſi, d'un vain eſpoir charmée,
A, par ſon impuiſſance, accru ta renommée ;
Tes Copiſtes nombreux n'ont ſçu que t'embellir.
Les Boileau, les Racine ont laiſſé ſur leur trace
    Quelques fleurs au Parnaſſe ;
Ce n'eſt que ſur tes pas qu'on n'en peut plus cueillir.

    MAIS s'il n'eſt plus permis d'aſpirer à ta gloire,
Nous la chantons du moins, nous aimons ta mémoire ;
Sur ta tombe, aux lauriers nous mêlons les Cyprès.
Marſeille ouvre aujourd'hui ſon Lycée à ton Ombre :
    Quitte la rive ſombre,
O LA FONTAINE, accours, jouis de nos regrets.

    COMBIEN dans ce grand jour les bords qui t'ont vu naître
Doivent s'enorgueillir de t'avoir donné l'être !
Tu vois, après ta mort, la France à tes genoux ;
C'eſt trop peu de régner ſur la France attendrie,
    L'Europe eſt ta Patrie,
L'Europe à ton triomphe applaudit comme nous.

O gloire, ô de ce jour évènement illustre !
La Fête des Beaux-Arts reçoit un nouveau lustre
Du tribut généreux à tes Mânes voué !
Se cachant à nos yeux dans une nuit profonde,
Un Citoyen du Monde,
Offre un Prix volontaire à qui t'a mieux loué !

TEL est sur les Humains l'ascendant du génie !
Son empire est sans borne & sa sphère infinie ;
Sa gloire se prolonge au sein de l'avenir :
Toutes les Nations, aux pieds de son Image,
Apportent leur hommage ;
A l'Univers entier il semble appartenir.

MAIS pourquoi te cacher à la France incertaine,
O Toi, noble Etranger, Toi qui de LA FONTAINE,
Par un culte si pur, honores les succès ?
Pourquoi nous dérober sous ces humbles ténèbres,
Amant des noms célèbres,
Le nom du Bienfaiteur du Parnasse Français ?

UNE Divinité dans Athène ignorée,
Dans Athène, dit-on, fut jadis adorée.
Nous suivrons cet exemple, ô généreux Mortel,
Et nos Muses qu'enchaîne une Loi trop austère,
Respectant ce mystère,
AU MECÈNE INCONNU dresseront un Autel.

FIN.

Lû & approuvé, ce 6 Août 1774.

MARIN.

Vû l'Approbation, permis d'imprimer ce 7 Août 1774.

DE SARTINE.

De l'Imprimerie de J. G. CLOUSIER, rue Saint-Jacques.

www.ingramcontent.com/pod-product-compliance
Lightning Source LLC
Chambersburg PA
CBHW061414170626
46811CB00005B/1989